suhrkamp taschenbuch 5496

Der – so eine der Kernthesen von Fania Oz-Salzberger – völkermordende Überfall der Hamas auf die israelische Bevölkerung hat einen furchtbaren Krieg nach sich gezogen. Die Welt ist seitdem eine andere, auch das traditionell enge Verhältnis zwischen Deutschland und Israel. Die Historikerin Fania Oz-Salzberger geht dieser Veränderung nach und appelliert leidenschaftlich an die deutsche Öffentlichkeit, zu Israel zu stehen, aber dessen Politik zu kritisieren, wo immer es nötig ist. Die Tochter von Amos Oz benennt die gegenwärtigen Konflikte und Probleme und zeigt, darin ihrem Vater folgend, eine mögliche Zukunft von zwei Staaten, Israel und Palästina.

Fania Oz-Salzberger, 1960 als älteste Tochter von Amos und Nily Oz in Israel geboren, ist eine israelische Historikerin und Intellektuelle, emeritierte Professorin für Geschichte an der juristischen Fakultät der Universität Haifa. Nach ihrer Promotion über die deutsche Aufklärung war sie Fellow des Wissenschaftskollegs zu Berlin und Gastprofessorin an der Princeton University, der Monash University und der LMU. Sie erhielt das Bundesverdienstkreuz (2021), den Grimm-Preis (2021) und die Ehrendoktorwürde der Universität Uppsala (2020). Zu ihren Büchern gehören *Israelis in Berlin* (2001) und, zusammen mit Amos Oz, *Juden und Worte* (2013).
Fania Oz-Salzberger ist in der israelischen Pro-Demokratie-Protestbewegung aktiv und setzt sich seit dem 7. Oktober 2023 für die liberale und gemäßigte Bewegung in Israel ein.

Fania Oz-Salzberger

DEUTSCHLAND UND ISRAEL NACH DEM 7. OKTOBER

Aus dem Englischen
von Michael Bischoff

Suhrkamp

Erste Auflage 2024
suhrkamp taschenbuch 5496
Deutsche Erstausgabe

Umschlaggestaltung: Rothfos & Gabler, Hamburg
Satz: Dörlemann Satz, Lemförde
Druck: CPI books GmbH, Leck
Printed in Germany
ISBN 978-3-518-47496-9

www.suhrkamp.de

DEUTSCHLAND UND ISRAEL NACH DEM 7. OKTOBER

Im Gedenken an meinen geliebten Freund Shai Doron (1960-2024), der in Jerusalem mit Weisheit und Humor einen humanistischen Zionismus praktizierte.

Dieses kleine Buch ist eine Einladung an ein deutsches sowie ein internationales Publikum, in einen Dialog mit Israelis zu treten, vor allem mit dem Teil der israelischen Gesellschaft, der wie ich zionistisch und liberal gesinnt ist, friedenssuchend und der Demokratie verpflichtet. Wie die brennenden Kibbuzim an der Grenze zu Gaza, deren Bewohner massakriert wurden, wurden auch wir gemäßigten Israelis am 7. Oktober schwer getroffen. In der Folge sind unser Weltbild und unsere am meisten geschätzten Werte sowohl von der globalen pro-palästinensischen Linken als auch von unserer eigenen rechtsextremen Regierung stark unter Druck geraten.

Meine Stimme in diesem Gespräch ist weder objektiv noch neutral. An diesem Schwarzen Samstag fügten die Hamas und der Islamische Dschihad engsten Freunden und Kolleginnen von mir denkbar schrecklichste Leiden und Schmerzen zu. Bekannte meiner Kinder wurden abgeschlachtet. Mehr als die Hälfte der Opfer waren kaum älter als zwanzig Jahre,

Besucherinnen und Besucher des Nova-Festivals und junge Leute in den Kibbuzim. Auch Ältere waren Ziel der Angriffe, Dutzende wurden in den Städten Sderot und Ofakim getötet. Siebzig- und Achtzigjährige wurden als Geiseln verschleppt, einige in der Gefangenschaft ermordet. Frauen und Männer wurden vergewaltigt, ganze Familien im Stil der Nazis vor den Augen ihrer Angehörigen exekutiert. Eine der grauenvollen Beerdigungen, an denen ich teilnahm, war die Bestattung einer Mutter und ihres Sohnes, die in ihrer Wohnung im Kibbuz Kfar Aza ermordet wurden, einander in den Armen haltend. Eine Katastrophe ist über uns hereingebrochen.

Hat diese Katastrophe meine menschliche und politische Persönlichkeit verändert? Ja, definitiv. Sie hat mein Bewusstsein für das Böse, das angeborene wie das kulturell geprägte, geschärft, das von unseren liberalen Sozialwissenschaften ignoriert wurde. Sie hat mich jedoch nicht in einer Weise verändert, die mich zwingen würde, mein politisches Engagement und meine Hoffnung aufzugeben.

Was als schockierender und bösartiger Angriff auf Zivilisten begann, wurde zu einem schlimmen

Krieg unter der schlechtesten Regierung in der Geschichte Israels. Israel war am 7. Oktober nicht in seiner Existenz bedroht, doch wegen der rücksichtslosen und teilweise kriminellen Kriegsführung dieser Regierung, ihrer selbstzerstörerischen Außen- und antidemokratischen Innenpolitik stehen wir heute tatsächlich vor einer existenziellen Bedrohung. Nicht seitens der Hamas oder der Hisbollah und nicht einmal seitens des Iran, sondern von innen her. Doch ebenso wie die Kibbuzim ist das liberale Israel immer noch lebendig. Seine Werte sind zu stark, als dass sie so leicht zerstört werden könnten, weder von der Hamas noch vom jüdischen Ultranationalismus.

Ich bestehe weiterhin darauf, vom Krieg der Hamas gegen Israel statt von einem Krieg Israels gegen die Hamas zu sprechen, denn ungeachtet des »Kontexts«, ungeachtet der langen Geschichte des Konflikts, nahm diese Runde ihren Anfang in einem der barbarischsten Angriffe der modernen Geschichte durch die Hamas und den Islamischen Dschihad. Es folgte ein schmutziger, hässlicher Städtekampf. Manche israelischen Soldaten – beileibe nicht alle –

lassen sich von einem Rachegefühl leiten, das von den Extremisten in der Regierung befeuert und von irrsinnigen Szenarien für die Zukunft Gazas angestachelt wird. Auch während ich dies schreibe, werden immer noch zahlreiche unschuldige Opfer, viele Palästinenser und einige Juden, getötet.

Was als ein gerechter Krieg zur Bestrafung und Zerschlagung der Hamas und ihrer Anführer in Gaza begann, fand seinen Fortgang in israelischen Aktionen, die unmoralisch und illegal waren und in manchen Fällen auf Kriegsverbrechen hinausliefen. Selbstverständlich ist alles, was die Hamas seit dem 7. Oktober getan hat, ein einziges grauenhaftes Kriegsverbrechen an Israelis und Palästinensern. Ich bin absolut davon überzeugt, dass es der Hamas um Völkermord an den Israelis geht.

Ich glaube, dass Völkermord nicht die Absicht Israels in diesem Krieg ist, trotz zahlreicher hysterischer und extremistischer Äußerungen, die unseren öffentlichen Diskurs trüben und Einfluss auf einige Kriegshandlungen haben. Hässlich und schmutzig, ja. Zivilisten in Gefahr bringen, darunter durch Bombardierung und Hunger, ja. Eine ganze Nation auslöschen, nein. Aber was die israelische Regierung hier verfolgt, ist der blanke Hohn: das eklatante Fehlen einer Zukunftsperspektive.

Benjamin Netanjahus Koalition biedert sich den Extremisten an, die er verantwortungslos in sein Kabinett geholt hat, um seine eigene politische Haut zu retten. Er und seine willfährigen Minister und Knesset-Abgeordneten sind zu feige, zu brutal und zu dumm, um diesem Krieg ein ehrenvolles und legitimierbares Ziel zu geben, ein ethisch vertretbares Ende zu formulieren und zu bestimmen, was »am Tag danach« geschehen soll. Das Verhalten meiner Regierung im Krieg, in der Außenpolitik und – nicht zuletzt – in der Innenpolitik erfüllt mich mit Scham, Abscheu und dem Wunsch nach einem demokratischen zivilen Ungehorsam.

Ich will aber die Emotionen beiseitelassen und eine vernunftgeleitete Analyse anbieten. Rational und analytisch zu sein, ist eine Bürgerpflicht, und viele Menschen vernachlässigen diese Verpflichtung. Grausamkeiten und Kriege lassen das Schlechteste im Menschen hervortreten, und in vielen Fällen schalten sich unsere Steinzeitinstinkte oder unser Reptilienbewusstsein ein. Der Hass auf unsere Feinde dehnt sich auch auf die Unschuldigen unter ihnen aus, und wir verwechseln Rache mit Gerechtigkeit. Das biblische »Auge um Auge« tritt an die Stelle der modernen Feinabstimmung der Strafen und der Suche nach einer gewaltfreien Lösung. Die Veredelung des Menschen ist nur einen Schuss weit entfernt von unzivilisierter Brutalität. Der 7. Oktober 2023 war in mehr als einer Hinsicht ein Sieg der Barbarei über die Zivilisation.

*

Ich spreche hier vom »israelisch-deutschen Dialog«, doch wenn ich das erweitern könnte, würde es lauten: »Wir brauchen unbedingt einen neuen israelisch-deutschen Dialog.« Denn seit dem 7. Oktober hat in Wirklichkeit gar kein Dialog stattgefunden. Als Erstes wäre über die innerdeutsche Debatte – Meinungsbeiträge in den Medien, öffentliche Debatten, bereits erschienene Bücher, Gespräche zwischen Freunden und Nichtfreunden Israels – zu sagen, dass sie in Israel schlichtweg unbekannt ist.

Es wird nicht über sie berichtet, sie bleibt unbeachtet.

Die Israelis sind im Augenblick fast gar nicht in der Lage, auf irgendetwas außerhalb ihres Schmerzes und ihrer Angst zu achten, schon gar nicht auf intellektuelle Auseinandersetzungen in der Bundesrepublik Deutschland. Doch das ist nicht neu. Viele deutsche Diskussionen, auch sehr interessante, angefangen beim Historikerstreit der 1980er Jahre, werden von den Israelis nicht verfolgt, wenn man einmal von einer winzigen Minderheit aus Intellektuellen, Akademikern und Studenten absieht. In unser öffentliches Gespräch fanden sie niemals Eingang.

Selbst die Rede des Bundespräsidenten Richard von Weizsäcker 1985 im Bundestag, in der er der seit dem Zweiten Weltkrieg und der Shoah vergangenen vierzig Jahre gedachte und auf die ewige Verantwortung – nicht Schuld, sondern Verantwortung – Deutschlands verwies, die Erinnerung an die Vergangenheit wachzuhalten, selbst diese Rede blieb in Israel ohne Resonanz.

2016 gelang es mir, die Rede zu übersetzen und

im Resling Publishing House in Tel Aviv erscheinen zu lassen, zusammen mit Jürgen Habermas' Essay über Staatsbürgerschaft und nationale Identität. Es war das erste Mal, dass Weizsäckers Rede auf Hebräisch erschien. Wir versuchten, bestimmten Stimmen aus Deutschland in Israel Gehör zu verschaffen und umgekehrt.

Das versuche ich auch weiterhin.

Doch wenn ich auf einige der deutschen Debatten im Oktober 2023 und danach schaue, bin ich fast froh, dass die meisten Israelis ihnen zu diesem Zeitpunkt nicht ausgesetzt waren, denn es waren falsche Debatten. Es gibt zurzeit keinen wirklichen israelisch-deutschen Dialog, auch wenn einige Israelis und ehemalige Israelis sich an etwas in dieser Art beteiligen. Sie äußern interessante und legitime Meinungen, zum Beispiel gegen den Zionismus, zum Beispiel zugunsten eines gemeinsamen palästinensisch-jüdischen Staates. Für 99 Prozent der Israelis sprechen sie mit diesen Ansichten jedoch nicht. Und ich habe meine Zweifel, ob sie damit die Meinung der meisten israelisch-palästinensischen Bürger repräsentieren.

Daher mein erster und entscheidender Punkt: Jeder Hauch einer realistischen Hoffnung auf eine politische Übereinkunft in unserer Region in den letzten vierzig Jahren, einschließlich der Oslo-Abkommen und des nachfolgenden Dialogs, basierte auf dem Modell zweier benachbarter souveräner Staaten, Israel und Palästina. Dieses Modell ist nicht nur pragmatisch, nicht nur human und liberal, sondern auch (Sie mögen überrascht sein, das zu hören) seinem Wesen nach zionistisch. Nicht dass viele Israelis es zum gegenwärtigen Zeitpunkt unterstützen würden. Auch eine große Mehrheit der Palästinenser lehnt es rundheraus ab. Beide Seiten sind allzu traumatisiert und radikalisiert, um über eine friedliche Nachbarschaft oder gar einen gemeinsamen Staat nachzudenken. Die Ein-Staat-Lösung – wonach alle Israelis und Palästinenser in Zukunft glücklich und zufrieden in einer gemeinsamen Zivilgesellschaft zusammenleben sollen – ist nach dem 7. Oktober für unsere Generation gestorben. Die Zwei-Staaten-Lösung ist dagegen gesund und munter und wert, dass wir für sie kämpfen. Sie wäre für beide Seiten ein harter, fast schon unerträglicher Kompromiss, aber ihre Realisierbarkeit ist unsere große Hoffnung.

*

Nicht morgen. Nicht übereilt. Ich bin für Frieden, nicht für Selbstmord. Und dennoch könnte es sein, dass es noch zu meinen Lebzeiten dazu kommt. Das zukünftige Palästina müsste entmilitarisiert und von arabischen Staaten überwacht werden, und der Kult des Terrors müsste ein Ende haben. Sowohl Israelis als auch Palästinenser müssen deradikalisiert werden; die Palästinenser mehr als die Israelis, aber doch beide.

In Israel wird dieses Gespräch bereits geführt. Ein unabhängiges Palästina unmittelbar neben einem sicheren Israel ist immer noch Bestandteil der aktuellen innenpolitischen Debatte in Israel, wie sie es schon in den letzten fünfzig Jahren war, wenn auch als Minderheitenmeinung. Hinter dieser Minderheit steht eine Mehrheit gemäßigter Israelis, die einfach nur in Frieden leben wollen. Sie sind im Augenblick wütend, traurig, bis ins Mark schockiert, traumatisiert, zutiefst misstrauisch gegenüber allen Palästinensern und allen Freunden der Palästinenser. Aber sie sind nicht absolut gegen solche Vorstellungen. Die meisten Israelis wissen tief in ihrem Innern, dass ein territorialer Kompromiss die einzige Möglichkeit wäre, um das Blutvergießen zu verringern, statt zu vergrößern. Die Menschen um mich her können sich gegenwärtig nicht zur Unterstützung eines Kompromisses durchringen, doch vielleicht sind sie in einem Jahr oder einem Jahrzehnt dazu fähig, je nachdem, wie sich die Lage auf palästinensischer Seite entwickelt.

Kein Frieden, solange die Hamas weiterhin in Gaza herrscht. Niemals. Durchaus aber auf lange Sicht eine Übereinkunft mit einer palästinensischen Übergangsregierung, wahrscheinlich unter Führung der Fatah, die gegenwärtig die palästinensische Autonomiebehörde beherrscht. Sowohl Israel als auch die Fatah werden neue Führer brauchen, die in der Lage sind, einen gemäßigten Ton anzuschlagen und sich gegen die Fanatiker in ihrem eigenen Lager zu stellen.

Ich möchte Sie dazu auffordern, das Gespräch

mit der Mehrheit der Israelis zu suchen, mit gemäßigten Zionisten wie mir und Hunderttausenden anderen. Mit Einzelnen und mit zivilgesellschaftlichen Organisationen, die sich seit einem halben Jahrhundert um einen Dialog zwischen Palästinensern und Israelis bemühen, und vor allem mit der jüngeren Generation. Wir brauchen nicht ein weiteres halbes Jahrhundert zu warten.

Wenn ich auf die deutsche Debatte seit dem 7. Oktober zurückblicke, sehe ich in der ersten Phase den Schock und die Welle der Empathie. Das ist die Art emotionalen Adrenalins, die große Katastrophen bei externen Beobachtern auslösen, hier neben der spürbaren einzigartigen deutschen Empathie – die aus der besonderen Beziehung resultiert. Innerhalb eines Monats, in dem der Gegenangriff Israels in Gaza zahlreiche zivile Opfer forderte, kam der Rückschlag. Es war ein verständlicher Rückschlag, ein Schmerzensschrei angesichts sowohl der israelischen als auch der palästinensischen Opfer. Nur wenige Deutsche schlossen sich jener Weltmeinung an, die wegen des 7. Oktober Israel selbst verurteilte, während immer noch Bewohner der Kibbuzim massakriert wurden und Raketen der Hamas auf Tel Aviv regneten, Wochen bevor die israelische Armee in Gaza eindrang.

Doch zu den deutschen Reaktionen auf den Krieg in Gaza gehörte auch eine sehr gefährliche und irreführende Verbindung zweier verschiedener Themen.

Eines davon wird gelegentlich unverblümt als Fetischisierung der Juden bezeichnet. Man könnte es auch einen verrücktgewordenen Philosemitismus nennen. Es gibt eine starke Gegenreaktion auf einen angeblich liberalen deutschen Reflex, die Juden und den jüdischen Staat um jeden Preis zu beschützen und zugleich andere Stimmen zum Schweigen zu bringen. Ich möchte hier gleich betonen, dass die meisten wahren Freunde Israels in Deutschland keineswegs mit diesem Autopiloten unterwegs sind und sehr wohl in der Lage, einzelne Juden oder den Staat Israel zu kritisieren, wenn das notwendig ist. Dennoch ist diese Reaktion auf blinden Philosemitismus oder eine kritiklos proisraelische Haltung legitim.

Dieser Punkt ist verquickt mit einem zweiten

Thema, das ich als abstoßend und sehr beunruhigend empfinde. Dieses zweite Thema ist die Forderung, die Deutschen sollten ihre Erinnerungskultur und die daran anschließende besondere Beziehung zu Israel aufgeben. Anders gesagt, die Bundesrepublik solle die Weizsäcker-Doktrin fallenlassen. Desgleichen Angela Merkels Bekräftigung der deutschen Verpflichtung gegenüber dem Staat Israel, die wohldurchdacht und durchaus kritisch war.

Diese Meinung zielt darauf ab, die besondere deutsche Erinnerung an die Shoah zugunsten einer stärker neutralen, globalistischen und relativistischen Sicht aufzugeben. Offensichtlich erkennt Deutschland auch andere Fälle von Völkermord an. Die neue Forderung lautet, die Shoah solle für Deutschland nicht länger »der einzige Völkermord« sein. Weil die Juden – nicht bloß die Israelis, sondern die Juden! – böse genug geworden seien, um die einzigartige deutsche Verpflichtung gegenüber der Shoah zu tilgen.

Unter diesem Thema lauern zwei widerwärtige Vorstellungen: dass der Ausdruck »Juden« mit »Israelis« und beide mit »Zionisten« gleichzusetzen sei und Zionismus völkermörderisch sei, weshalb Schluss damit sein müsse.

Ich höre solche Stimmen in Deutschland. Ich höre, dass Widerspruch dagegen – selbst innerhalb der rechtlichen Grenzen der Meinungsfreiheit – als zügelloser Philosemitismus angesehen wird, und ich schaudere bei dem Gedanken, was solche Stimmen für die Zukunft Israels, Deutschlands und der politischen Rationalität bedeuten könnten.

Wohlgemerkt: Ich bin nicht gegen die Anregung, Deutschland solle sich um eine kühlere, analytischere und rationalere Sicht des Nahen Ostens bemühen. Ich bin sehr für kühle und analytische Ansichten. Ich bemühe mich in diesen traurigen Zeiten selbst darum, auch wenn meine Emotionen mit mir durchgehen. Aber die deutsche Identität von ihrer Verantwortung für die Erinnerung an die Shoah zu »befreien«, ist unvernünftig und unmoralisch. Diese Haltung sucht nicht nach Frieden, sondern zielt auf die Vernichtung Israels. Um es sehr milde auszudrücken, sie ist nicht hilfreich. Ein antizionistischer Kollege meinte kürzlich, etwa 17 Prozent der Neubürger Deutschlands, also Einwanderer, dürften sich erst dann vollkommen als Deutsche fühlen, wenn das Land sich von der Erinnerung an die Shoah verabschiedet hätte, die Teil der Grundpfeiler der Bundesrepublik ist. Mir graut bei dem Gedanken, was aus Deutschland und aus den jüngsten Einwanderern nach Deutschland und ihren Kindern wird, wenn dieses Vermächtnis aufgegeben würde.

Natürlich ist es eine berechtigte Frage, ob nicht ein übertriebener Philosemitismus deutsche Politiker im Blick auf den israelisch-palästinensischen Konflikt blendet. Darin mag sogar ein Körnchen Wahrheit liegen. Ich habe ein Jahr in Berlin und ein halbes Jahr in München gelebt und Deutschland unzählige Male besucht. Mein Vater, der Deutschland seit den 1980er Jahren immer wieder besucht hatte, und ich tauschten gelegentlich unsere Eindrücke zum deutschen Philosemitismus und zum ungehemmten Philo-Israelismus miteinander aus. Wir meinten damit nicht bloße Freundschaft, und ich bin zutiefst dankbar für die vielen nüchternen und kritischen deutschen Freunde. Was uns auffiel, war eine Art von Bewunderung, ja sogar Mystik.

Ein mächtiges Bedürfnis, die Juden zu mögen. Zu viel Bewunderung, zu wenig Kritik. Wir hatten das Gefühl, der Philosemitismus könne derart stark werden, dass er sogar manche Eigenschaften vom Antisemitismus übernimmt. Eine dieser Eigenschaften ist die Simplifizierung oder überzogene Verallgemeinerung, schiere Übertreibung. Wir empfanden uns als unfähig oder unwillig, derart hohen Erwartungen und einer derart bedingungslosen Liebe zu entsprechen, wie der Philosemitismus sie uns aufbürden möchte.

In der internationalen Politik wie in den zwischenmenschlichen Beziehungen verweist eine vorbehaltlose Umarmung auf ein schwelendes Unbehagen. Eine Hypersensibilität. Als bekundete man unablässig seine Liebe und stünde doch unter ständiger Anspannung. Das ist nicht gerade förderlich für ein gutes, solides, persönliches Gespräch. Man denke an die enge Verbindung zwischen dem Romantischen und dem Dämonischen. Romantisierung kann leicht zu einer Dämonisierung führen. Israel braucht wahre Freundschaft, und zu wahrer Freundschaft gehört auch eine entschiedene

Zurechtweisung, falls das erforderlich ist. Im Jahr 2000 erhielt meine Familie die Möglichkeit zu einem Gang durch das damals noch leere, von Daniel Libeskind entworfene Jüdische Museum in Berlin. Auf meine Frage, was er von dem Gebäude halte, antwortete mein Vater, es sei schwindelerregend. Es sehe aus wie ein abgestürztes Raumschiff.

Was meinst du damit?, fragte ich ihn.

Er meinte, wenn man um das Gebäude herumgehe und es sich von außen ansehe, könne man den Eindruck haben, die deutschen Juden wären Reisende aus dem All gewesen, die eines Tages in Berlin gelandet seien, und all das habe zu einer fürchterlichen Kollision geführt. Der letzte Eindruck trifft zu, doch der erste ist falsch. Das Gebäude sagt gar nichts über die realen Menschen, die seit einem Jahrtausend in Deutschland lebten, über den jüdischen Schuhmacher, dessen Werkstatt sich neben der des christlichen Schuhmachers befand, über ihre Familien, ihre Freundschaften und Rivalitäten, über ihrer beider Deutschsein.

Immer wenn ich nach Deutschland komme oder vor einem deutschen Publikum spreche, nagt das Gefühl an mir, eher symbolisch als individuell wahrgenommen zu werden, nämlich bloß als Vertreterin einer Gruppe. Das heißt, man ist nicht ganz menschlich oder vielleicht mehr als menschlich, was automatisch auch weniger als menschlich bedeutet. Das gilt umso mehr, wenn der israelische Besucher ein Premierminister oder ein anderer hoher Politiker ist. Eine Symbolisierung dieser Art ist nicht gerade förderlich für eine harsche Kritik, wo solch eine Kritik angebracht wäre.

Seit Jahren sage ich, wir Israelis brauchen eine kritische Freundschaft von unseren Freunden im Ausland und vor allem in Deutschland und den USA. Heute ist das eine Frage von Leben und Tod. Robuste Liebe, das Eingreifen eines guten Freundes oder zumindest schonungslose Aufrichtigkeit. Was würden Sie einer Freundin oder einem Freund sagen, wenn diese in einen Abgrund stürzten, den sie zum Teil selbst geschaffen haben?

*

Der 7. Oktober war die größte Katastrophe in der Geschichte Israels. Es war ein Genozid an den Bewohnern und Besuchern einer ganzen Region, des nordwestlichen Negev. Zehn Prozent der Bewohner dieses Gebiets wurden von der Hamas, dem Islamischen Dschihad und von gewöhnlichen Bürgern von Gaza ermordet, verletzt, vergewaltigt und/oder entführt. Die gewöhnlichen Bürger – von denen etwa eintausend an diesem Tag die Grenze überschritten und sich aktiv an den Massakern und der Geiselnahme beteiligten – erwähne ich hier nicht, um die Menschenrechte feindlicher Zivilisten in Frage zu stellen, sondern um jede Illusion zu zerstreuen, dass es sich bei der Hamas um einen geschlossenen Zirkel aus Mördern handelte, der die Bewohner von Gaza unterdrückte. Ich fühle mich den Rechten der Zivilisten in Gaza immer noch verpflichtet, auch wenn ich niemals eine Zivilgesellschaft mit ihnen teilen möchte. Und die meisten von ihnen hätten auch mich nicht gerne zur Mitbürgerin.

Ich will es in aller Klarheit sagen: Was als ein gerechter Krieg im rechtlichen Sinne des *jus ad bellum* begann, verwandelte die schlechte israelische Führung schon bald in einen im rechtlichen Sinne des *jus in bello* ungerechten Krieg. Meines Erachtens lag der Beginn des Krieges in der vollen moralischen Verantwortung der Hamas, die Durchführung des Kriegs dagegen in der Verantwortung Benjamin Netanjahus und seiner Regierung. Die aufgrund des Schocks betäubte Öffentlichkeit in Israel stand hinter ihnen – und sie taten alles, um unsere grausamsten Instinkte zu schüren. Wie die palästinensischen Terrororganisationen nutzte Netanjahus Regierung jede Möglichkeit, um das Trauma zu einer Waffe zu machen und neues Öl ins Feuer des Schmerzes und Hasses zu gießen. Die Palästinenser brauchen Hilfe und wir ebenso. Intelligente Hilfe. Es ist nicht hilfreich, wenn Deutsche, die in Israel einst eine Art heiligen Gral der Menschheit erblickten, ein wunderbares Land, das nicht in die Irre gehen kann, das gute alte sozialdemokratische Land Ben-Gurions und später eine Hightech-Nation, plötzlich eine Kehrtwende vollziehen und Israel für ein Geschöpf des Teufels halten. Dieser neue Anti-Israelismus ist schlecht für die Israelis wie auch die Palästinenser, und ich wende mich an deutsche und andere internationale Beobachter, die beiden vielleicht helfen könnten.

Den Mächtigen auf israelischer wie auch palästinensischer Seite die Wahrheit zu sagen, erfordert Aufrichtigkeit und Bereitschaft zur Nuancierung. Aufrichtigkeit und Bereitschaft zur Nuancierung hängen vom historischen Gedächtnis und von der historischen Perspektive ab. Die deutsche Erinnerungskultur sollte nicht auf Beschämung oder Hypersensibilität basieren, sondern auf der Verantwortung für die gegenwärtigen und zukünftigen Generationen.

Nach dem deutschen Grundgesetz können – und in vielen Fällen sollten – extremistische Stimmen des Rassismus, der Gewalt und der Zerstörung mit rechtlichen Mitteln zum Schweigen gebracht werden. Jede andere Form solchen Zum-Schweigen-Bringens ist rechtlich und moralisch falsch. Es ist unerlässlich, dass die Deutschen sowohl Israel unterstützende als auch Israel kritisierende Meinungen zum Ausdruck bringen und vertreten können, ohne Angst vor Konsequenzen zu haben. Diese Angst paralysiert die Gemäßigten, ebnet Nuancierungen ein und überlässt das Feld den Extremisten auf beiden Seiten. Mögen unsere deutschen Freunde die Weisheit haben, zwischen Akzeptablem und Unerträglichem zu unterscheiden.

Umgekehrt müssen auch die Israelis aufrichtig sein. (Dasselbe gilt für die Palästinenser, doch das liegt außerhalb meiner Reichweite.) Auch das sei hier offen und freiheraus gesagt: Israelische Politiker haben die Shoah tatsächlich zu einer Waffe gemacht. Menachem Begin machte den Anfang während seines Streits mit Bundeskanzler Helmut Schmidt in den frühen 1980er Jahren, als er den deutschen Völkermord an den Juden als Blankoargument in einer politischen Auseinandersetzung benutzte. Und in jüngster Zeit ist diese Art der Schuldausnutzung typisch für rechtsgerichtete nationalistische Politiker in Israel.

Seit mehr als zwei Jahrzehnten wende ich mich gegen diesen Missbrauch der Shoah durch unsere eigenen Politiker, die sie als automatische Opferkarte gegen äußeren, vor allem deutschen Druck hinsichtlich einer israelisch-palästinensischen Übereinkunft ziehen. Diese Ausweichstrategie ist unfair, unaufrichtig und dumm. Sie fliegt uns gegenwärtig um die Ohren. Ich behaupte, sie ist auch antizionistisch.

*

Wir können und werden den Zionismus nicht aufgeben.

Damit meine ich Zionismus in seinem einfachsten Sinne, seiner zentralen historischen Bedeutung: als Unterstützung des Rechts der Juden auf einen international anerkannten, demokratischen Nationalstaat in einem Teil der Heimat ihrer Vorfahren. Nicht mehr und nicht weniger.

Falls Sie meinen, der Ausdruck »Zionismus« sei längst obsolet, weil er seine Legitimation verloren habe, weil er (wie Millionen in den sozialen Medien heute glauben) für abscheulichen Siedlerkolonialismus und fanatischen Ultranationalismus stehe, sollten Sie noch einmal nachdenken. Auf der allerpraktischsten Ebene würde die Abschaffung des Zionismus ein riesiges Blutbad erfordern. Es gibt heute weltweit etwa 14 bis 15 Millionen Juden. Wir haben noch nicht wieder die Zahl vor dem Holocaust erreicht, dem wahren Völkermord.

Sehen Sie sich die Zahlen an: In Israel leben 7 Millionen Juden, und auch wenn einige wenige unter ihnen Nichtzionisten sind, darunter einige ultraorthodoxe Gemeinschaften und eine Handvoll radikaler Linker, sind sie in den Augen der Welt automatisch Zionisten. Außerhalb Israels verstehen sich mindestens 5 Millionen Juden, die in anderen Ländern leben, als Zionisten. Insgesamt unterstützen etwa drei Viertel der Juden weltweit den Grundgedanken des Zionismus, neben vielen Millionen Nichtjuden. So wird denn der Gedanke des Zionismus nicht so bald verschwinden.

Was das Wesen des Begriffs betrifft, kann ich nur entschieden betonen: Die Kerndefinition von Zionismus ist vollkommen vereinbar mit der Gleichberechtigung nichtjüdischer Bürger wie auch mit der Existenz eines benachbarten palästinensischen Staates. Wie viele israelische Historiker und im Widerspruch zu anderen Historikern, darunter auch einige israelische, lehne ich die Definition der zionistischen Bewegung als Siedlerkolonialismus ab. Der postkoloniale Diskurs verkommt heute oft zu einer aggressiven, generalisierenden Hassrede. Er sieht im Westen einen todbringenden Täter und im globalen Süden ein ewiges Opfer. Was die Juden angeht, kann diese Vulgärtheorie nur auf ein Lügengespinst zurückgreifen, das die Israelis als privilegierte weiße Siedler und das Weltjudentum als deren kriminelle Sponsoren darstellt. Nur wenige historische Narrative könnten weiter von der Wahrheit entfernt sein.

Meine vier Großeltern flohen in den 1930er Jahren aus Europa in ein Land, mit dem sie kulturell und geschichtlich tief verbunden waren – wodurch sie ihr Leben retteten und mein eigenes Leben ermöglichten. Alle vier und ihre Verwandten hatten keine anderen Auswanderungsmöglichkeiten. In Vilnius versuchte einer meiner Urgroßväter väterlicherseits, bei zahlreichen Ländern ein Einreisevisum zu erhalten. Die meisten befanden es nicht einmal für nötig, ihm einen negativen Bescheid zukommen zu lassen. Ihm und meinen übrigen überlebenden Verwandten gelang es mit knapper Not, per Schiff nach Jaffa zu gelangen, und alle, die zurückblieben, wurden innerhalb des nächsten Jahrzehnts ermordet. Für diese zutiefst europäischen unter meinen Vorfahren war das *Push*-Element wichtiger als das *Pull*-Element. Europa zu verlassen, war ein schwerer Schlag – selbst wenn ihr Ziel das biblische Heimatland war. Doch sie waren klug genug, zu erkennen, dass noch Schlimmeres drohte. Alle meine vier Großeltern erlebten in ihrer Kindheit und Jugend antisemitische Feindseligkeit, in manchen Fällen physische Gewalt. Als die Nazis dann an der Macht waren, sahen sie die Schrift an der Wand.

Einfach gesagt, war das Land Israel die angestammte Heimat der Juden, doch in einem noch entscheidenderen Sinne war es der einzige Zufluchtsort für etwa eine Million Menschen, die von den Nazis sonst ermordet worden wären. Die Wahrheit ist also, dass viele, vielleicht sogar die meisten aus der Gründungsgeneration Israels weniger Zionisten als vielmehr Flüchtlinge waren. Für sie war der Zionismus der einzige Rettungsanker während des Holocaust und der gewalttätigen Verfolgung von Juden in Mitteleuropa auch noch danach.

Aus dieser aufs Überleben verweisenden Rechtfertigung folgt kein exklusiver Anspruch. Das Land war niemals nur unseres, nicht einmal in biblischen Zeiten. In der Moderne ist es beides: Israel und Palästina. Mein Vater sagte gern, der jüdisch-arabische Konflikt sei eine griechische Tragödie: der Zusammenstoß zwischen Recht und Recht.

Und genau aus diesem Grund war Ausschließlichkeit niemals Teil des grundlegenden zionistischen Glaubensbekenntnisses. Im Zionismus der Arbeiterpartei und im liberalen Zionismus ging es um den Aufbau des Staates und um Koexistenz. In seinem Kern ist der Zionismus kein Alibi für eine Ablehnung territorialer Kompromisse und des Friedens. Diese Ablehnung geht auf eine Verzerrung des Konzepts durch den Likud zurück. Die zionistische Führung in der Zeit des Unabhängigkeitskrieges unter Ben-Gurion hatte ihre Fehler, doch ein wahnhafter Messianismus gehörte nicht dazu. Deshalb unterstützte sie uneingeschränkt die Zwei-Staaten-Lösung, wie der Teilungsplan der Vereinten Nationen vom November 1947 dies in der UN-Resolution 181 vorsah. Für die Palästinenser galt das nicht. Sie wollten das ganze Land, nicht nur einen Teil davon. Die meisten von ihnen wollen das auch heute noch.

Der von Palästinensern Ende November 1947 begonnene Krieg gegen die Juden ist derselbe Krieg, den die Hamas am 7. Oktober 2023 fortsetzte. Parallel dazu rechtfertigen die weltweiten Stimmen, die heute zur Vernichtung Israels aufrufen, die seit 1947 verfolgte völkermörderische palästinensische Absicht, die dem Unabhängigkeitskrieg von 1948 und der palästinensischen Nakba vorausging und sie auslöste. Heute ist es Mode, sich als Opfer darzustellen, wobei auf die Rolle als Opfer des Kolonialismus verwiesen wird. Viele Palästinenser und viele ihrer Unterstützer sehen in dieser Opferrolle einen Freibrief für jede erdenkliche, den Tätern, ihren Kindern und Enkeln zugefügte Bestrafung: Massaker, Vergewaltigung, Verstümmelung, Entführung, Ermordung in Gefangenschaft. Weil im Diskurs der postkolonialen Opferrolle kein Verbrechen schlimmer ist als Kolonialismus.

Die palästinensische Ablehnungshaltung verstärkte ganz beträchtlich die israelische Ablehnung des Zwei-Staaten-Modells, für das sich 1947 nur eine kleine Mehrheit der Juden aussprach. Als Jizchak Rabin in den frühen 1990er Jahren die Ärmel hochkrempelte, um die Zwei-Staaten-Lösung zu realisieren, waren seine jüdischen Gegner noch in der Minderheit, doch zu ihr gehörten auch sein Mörder, der Jurastudent Jigal Amir, die fanatischen Rabbis, die ihn berieten, der noch fanatischere Teil der Siedlerbewegung und der junge, charismatische Führer des Likud, Benjamin Netanjahu. Es ist kein Zufall, dass die israelischen Politiker, die mit der Shoah winkten und den Völkermord der Nazis von den Rändern ins Zentrum unserer Außenpolitik rückten, aus dem Likud kamen oder rechts vom Likud standen. Die jüdische Opferrolle ist ein typischer Auswuchs der ultranationalistischen israelischen Rechten.

Die Juden, die sich im 19. und 20. Jahrhundert dem Zionismus zuwandten, lehnten den Opferdiskurs entschieden ab. Der Zionismus war dabei, zum ersten Mal in zwei Jahrtausenden unsere Geschichte selbst in die Hand zu nehmen, die Stellung der passiven, verfolgten Minderheit hinter sich zu lassen und zu einem vollwertigen Mitglied in der Familie der Nationen zu werden. Das war das Entscheidende an Theodor Herzls Vermächtnis: nicht als eine unglückselige Gruppe von Opfern wieder in die Geschichte einzutreten, sondern als ein aktives, pragmatisches Volk, das mit Vorsicht, Klugheit und Diplomatie das Beste aus einer schwierigen Situation machte und ein Netzwerk weltweiter Zustimmung zur gerechten Forderung nach einem eigenen demokratischen Nationalstaat schuf. Dem Zionismus ging es um verantwortliches Handeln, nicht um übertriebenes Klagen.

Es ist an der Zeit, die Kibbuzim zu erwähnen. Ich wuchs in einem von ihnen auf, im Kibbuz Hulda, den meine Großeltern mütterlicherseits und ihre Gefährten gegründet hatten. Der Kibbuznik-Zionismus war sogar noch gewagter als der Ruf nach einem eigenen Land. Er hatte der Welt Neues zu bieten, das Modell einer sozial gerechten Gesellschaft, die auf Gleichheit, Teilen und Solidarität basiert – all das im Rahmen einer liberalen Demokratie und Marktwirtschaft. Anders als die marxistischen Länder, die ihre Ideologie mit den Mitteln diktatorischer Unterdrückung durchsetzten, gab es im Kibbuz stets eine Ausstiegsmöglichkeit. Er bot den Charme eines freiwilligen Pionierprojekts, das zugleich jüdisch-national und universell-menschlich war. Die

Lebensweise im Kibbuz hatte ihre Mängel, und ehemalige Kibbuzniks erinnern meist rasch daran. Doch als die Hamas über die Grenze stürmte und die dort gelegenen Kibbuzim zu überfallen und niederzubrennen begann, stand unsere Kindheit uns als ein Wunder an starker Gemeinschaft, sanftem Idealismus und menschlichem Anstand vor Augen. Heute, nach vielen Jahren, in denen die Kibbuzim in Israel nach und nach aus dem Zentrum der Aufmerksamkeit verdrängt wurden, finden ihre hohen Werte im Gefolge des Desasters vom 7. Oktober wieder großen Anklang in der israelischen Gesellschaft. Die überfallenen Kibbuzim waren und sind ein großartiges Beispiel gemeinschaftlicher Verantwortung und Friedensliebe. Einige der Opfer waren Aktivisten, die sich für die humanitären Belange der Einwohner Gazas einsetzten. Die Überlebenden von Be'eri, Nir Oz, Kfar Aza und den übrigen überfallenen Kibbuzim zerstreuten sich nicht, sondern wurden gemeinsam evakuiert und führen ihr Gemeinschaftsleben fort, so gut dies angesichts der Ortsveränderung, der Trauer und des Traumas nur möglich ist. Sie leben nun in Hotels, in Räumlichkeiten, die ihnen von anderen Kibbuzim zur Verfügung gestellt wurden, oder sogar in Hochhäusern in Tel Aviv und bilden dort weiterhin einen Kibbuz. Junge Leute sehen und bewundern ihr Durchhaltevermögen. Das Ideal des Kibbuz ist nicht zerstört worden, sondern erlebt seine Wiedergeburt.

Das ist die wahre Alternative zur palästinensischen Opferpolitik und zur Opferpolitik ultranationalistischer Juden. Wir gemäßigten Zionisten übernehmen selbst die Verantwortung für unser Leben und unsere Zukunft. Wir empfinden es als unsere Pflicht, die israelische Gesellschaft und Politik zu heilen. Eines Tages, so hoffe ich, werden wir auch die Pflicht auf uns nehmen, bei der Heilung Gazas und der Westbank zu helfen. Und wir bitten unsere Freunde um ihre Hilfe und Unterstützung, nicht um unterwürfige Schuldgefühle.

*

Wenn jemand Ihnen etwas abringt, das Sie nicht verlieren dürfen, müssen Sie es zurückverlangen. Manchmal denke ich an Goethes einfühlsamen

Ausspruch: »Was du ererbt von deinen Vätern hast, erwirb es, um es zu besitzen.« Über die Jahre haben wir in unserer Trägheit zugelassen, dass die Ultraorthodoxen das Monopol auf das Judentum beanspruchen und die Ultranationalisten das Monopol auf die israelische Flagge und Nationalhymne. Wir haben ihnen auch erlaubt, die zentralen Werte unseres Landes neu zu definieren. Das war ein schwerer Fehler, eine liberaldemokratische Schwäche verhängnisvollen Ausmaßes. Seid gewarnt, liberale Freunde in aller Welt!

Als Netanjahu 2019 wegen Korruption angeklagt wurde und seine Anhänger eine üble Kampagne gegen Liberale und den Rechtsstaat starteten, begann die prodemokratische Bewegung in Israel endlich, die von der extremen Rechten usurpierten Symbole des Staates und des Zionismus zurückzufordern.

Auf prodemokratischen Veranstaltungen und auf den Demonstrationen für Verhandlungen über die Freilassung der Geiseln und einen Waffenstillstand wehen inzwischen Tausende von israelischen Flaggen. Hier und dort sind auch pinkfarbene und LGBTQ-Banner zu sehen. Eine palästinensische

Fahne würde gewiss allzu großen Schmerz auslösen, doch manche von Hand gemalte Schilder verweisen auf das Leid von Unschuldigen in Gaza. Wir singen stolz unsere friedfertige Nationalhymne *Hatikvah*. Der aus dem frühen 20. Jahrhundert stammende Text beschreibt die ewige Sehnsucht der Juden nach Freiheit. Arabisch-israelische Bürger finden darin keine Erwähnung, doch seit einigen Jahren diskutieren wir über die Möglichkeit, eine weitere Strophe hinzuzufügen, die auch sie einschließt.

Die liberale und humanistische Unabhängigkeitserklärung von 1948 braucht dagegen nicht zurückgefordert zu werden. Sie war bereits auf unserer Seite. Während alle arabischen Staaten sich gegen die Existenz des jüdischen Staates stellten, reicht die Unabhängigkeitserklärung »allen unseren Nachbarstaaten und ihren Völkern die Hand zu Frieden und guter Nachbarschaft«. Mit Blick auf die Palästinenser, die damals noch nicht so genannt wurden und sich auch selbst nicht so nannten, heißt es dort: »Wir wenden uns – selbst inmitten mörderischer Angriffe, denen wir seit Monaten ausgesetzt sind – an die in Israel lebenden Araber mit dem Aufrufe, den Frieden zu wahren und sich aufgrund voller bürgerlicher Gleichberechtigung und entsprechender Vertretung in allen provisorischen und permanenten Organen des Staates an seinem Aufbau zu beteiligen.«

Obwohl ein Credo jüdischer Zugehörigkeit, schließt sie doch auch Nichtjuden ein. Ihre Sprache ist universalistisch, ihr bevorzugtes Erbe – und es gab viel, aus dem man hätte wählen können – sind die biblischen Propheten einer weltweiten Erlösung: »Der Staat Israel wird der jüdischen Einwanderung und der Sammlung der Juden im Exil offenstehen. Er wird sich der Entwicklung des Landes zum Wohle aller seiner Bewohner widmen. Er wird auf Freiheit, Gerechtigkeit und Frieden im Sinne der Visionen der Propheten Israels gestützt sein. Er wird all seinen Bürgern ohne Unterschied von Religion, Rasse und Geschlecht soziale und politische Gleichberechtigung verbürgen. Er wird Glaubens- und Gewissensfreiheit, Freiheit der Sprache, Erziehung und Kultur gewährleisten, die Heiligen Stätten unter seinen Schutz nehmen und den Grundsätzen der Charta der Vereinten Nationen treu bleiben.«* Das war kein bloßes Gerede. Es war die Intention, die hinter der Gründung des Staates Israel stand, bald indessen beschmutzt und vermindert durch den Krieg von 1948 – den Überlebenskampf für die Juden, die Nakba für die Palästinenser.

Heute ist es an der Zeit, den Zionismus selbst für uns zurückzufordern. Wir müssen ihn seinen Usurpatoren von der israelischen Ultrarechten wieder abringen. Und natürlich auch den antiisraelischen Verleumdern, die ihn mit Nazismus und Schlimmerem gleichsetzen. Um es mit Goethe zu sagen, er ist das wertvolle Vermächtnis unserer Eltern, das wir uns erarbeiten müssen, um es zu besitzen.

Premierminister Rabin war ein Kind des gemäßigten Zionismus der Arbeiterpartei. Er missbrauchte die Shoah oder den Antisemitismus nicht als Alibi für Untätigkeit gegenüber der globalen Gemeinschaft. Er machte sich an die Arbeit und begann, in Gestalt der Oslo-Abkommen eine pragmatische Übereinkunft mit den Palästinensern

* https://www.hagalil.com/israel/independence/azmauth.htm.

auszuhandeln – und er hätte Erfolg gehabt, wäre er nicht am Abend des 4. November 1995 von Amir ermordet worden.

Das ist die Art von Zionismus, von der ich komme.

Die Liebe zum Frieden und das Ideal einer gerechten Gesellschaft, für die das unvollkommene, aber wunderbare Projekt der Kibbuzim als Beispiel steht, sind Bestandteile dessen, was ich seit einiger Zeit als *humanistischen Zionismus* bezeichne. Andere sprechen hier von einem gemäßigten oder pragmatischen oder liberalen Zionismus, und die Bezeichnungen überschneiden sich in beträchtlichem Maße.

»Judentum und Humanität« lautete der Wahlspruch, den mein Großonkel Josef Klausner über der Tür seiner Wohnung in Jerusalem anbrachte. Er promovierte in Heidelberg, und seine Dissertation wurde ein großes Buch über Jesus Christus als Juden. 1933 schrieb ihm die Universität, dass ihm sein Doktortitel aberkannt worden sei. Nach dem Krieg schrieb sie ihm erneut, entschuldigte sich, erklärte, die Aberkennung sei ein Fehler gewesen, machte sie rückgängig und bat ihn, nach Heidelberg zu kommen und eine Vorlesung zu halten. Mein Großvater antwortete darauf, dass er niemals wieder einen Fuß nach Deutschland setzen werde. Ich verstehe ihn. Meine Antwort ist jedoch, sooft ich kann, einen Fuß in die Bundesrepublik zu setzen, da Humanität inzwischen wieder unser gemeinsamer Wert ist.

Herzl, Ben-Gurion, die (an deutschen Universitäten ausgebildeten) Juristen, die einst die Unabhängigkeitserklärung vom Mai 1948 verfassten, sie alle gehörten zum breiten, entweder liberalen oder sozialdemokratischen zionistischen Mainstream. Sie erkannten die Existenz und das Recht der arabischen Menschen an, die unter osmanischer und später britischer Herrschaft in Israel / Palästina lebten, und strebten nach einer gerechten Koexistenz mit ihnen. Denn der Zionismus, der bei der Gründung Israels Pate stand, war davon überzeugt, dass Menschen- und Bürgerrechte universell sind.

Deshalb gab Herzl seinem Roman – einer Utopie, die Realität werden sollte – den Titel *Der Judenstaat*. Nicht der jüdische Staat, sondern der Staat der Juden – und all seiner übrigen Bürger. Juden und Araber, Männer und Frauen besitzen in dieser Prophetie aus dem Jahr 1896 das Wahlrecht und alle übrigen Bürgerrechte. Kein Land der Welt und ganz gewiss kein »kolonialistisches Projekt« gewährten den Frauen und der indigenen Bevölkerung zu dieser Zeit das Wahlrecht. Der humanistische Zionismus war in zweifacher Hinsicht humanistisch: Er setzte sich für gleiche Rechte ein und war überzeugt, dass die Geschichte von Menschen gemacht und verändert wird, nicht von Gott. Deshalb war der Staat der Juden für seine Gründerinnen und Gründer weder mystisch noch theokratisch. Er war ein Nationalstaat, dessen Mehrheit jüdisch war – mehr nicht. Geradeso wie Griechenland der einzige Staat in der Welt mit einer Mehrheit von Griechisch-Orthodoxen ist. Und wie im heutigen Griechenland, so sind auch viele israelische Juden areligiös. Meine eigene Familie ist seit sechs Generationen säkular. Wir sind jüdisch aufgrund der nationalen Identität, der Kultur und der Zugehörigkeit.

Deshalb kann des heutige Israel zugleich ein Nationalstaat und eine liberale Demokratie sein, wie so viele andere Länder im Westen. Sein rechtliches und moralisches Rückgrat ist modern und säkular. Jedenfalls war es das bis zum Aufstieg der extremistischen und messianischen Rechten in Israel.

Dieser Messianismus ist der mystische Glaube, dass Israel von Gott berufen sei und dass sein Schicksal nicht von der Staatsraison, sondern vom Glauben abhänge. Das Gott über uns wache und jeden Schritt lenke und dass der jüdische Messias bald kommen werde. Dieser Glaube ist für die Juden alt, für das öffentliche Ethos jedoch relativ jung. Er keimte auf nach unserem Sieg im Sechstagekrieg und wurde einer bloßen Handvoll von Eiferern zugeschrieben, die ihn unwiderruflich mit dem Plan verbanden, die Araber zu besiegen und aus dem Heiligen Land zu vertreiben. Dieser Triumph von 1967 war allzu glorreich. Er rettete unser Leben, legte jedoch in unserer politischen Kultur eine Zeitbombe.

Ich war damals sechs Jahre alt. Die Erwachsenen um uns herum, einige von ihnen Überlebende und alle Leidtragende der Shoah, versuchten verzweifelt, ihre Todesangst angesichts der arabischen Armeen, die an unseren Grenzen zusammengezogen wurden, vor uns Kindern zu verbergen. Wir spürten dennoch die Panik. Eine Frau in unserem Kibbuz hisste eine weiße Fahne auf ihrem Dach. Es war eine dunkle Zeit, diese »Wartezeit« im Frühjahr 1967. Dann plötzlich die Epiphanie. Wir eroberten die Westbank und den Gazastreifen und die Golanhöhen, und die Euphorie, das Spiegelbild der vor dem Krieg herrschenden Angst, kannte keine Grenzen. Nur ein paar weise Propheten – angefangen bei meinem Vater Amos Oz und dem Philosophen Yeshayahu Leibowitz – warnten sogleich, Israel müsse sich so bald wie möglich aus den von Ägypten und Jordanien eroberten Gebieten zurückziehen und zulassen, dass die Bewohner dieser Gebiete, die kurz zuvor den Namen Palästinenser für sich übernommen hatten, dasselbe Recht auf einen eigenen Staat erhielten, das die Juden gefordert und erhalten hatten. In den späten 1980er Jahren wuchs die Handvoll messianischer Eiferer ganz beträchtlich. In den 1980er und frühen 1990er Jahren hatte sie bereits eine starke öffentliche Stimme, wenngleich immer noch in der Opposition. Dann errang Rabin bei den Wahlen eine komfortable Mehrheit und ließ sich gemeinsam mit Jassir Arafat auf den Oslo-

Prozess ein, der zu einem territorialen Kompromiss und zum Frieden zwischen Israel und den Palästinensern führen sollte. Rabin, nach Profession und Haltung ganz Soldat, war der humanistischste Zionist, dem ich in meinem ganzen Leben begegnet bin. Er sorgte tatkräftig, pragmatisch und sensibel für eine Wiederbelebung des Traums von Herzl, des Traums von Ben-Gurion und der Intention der Unabhängigkeitserklärung, in Frieden und Würde nicht nur mit unseren arabischen Mitbürgern, sondern auch unseren arabischen Nachbarn zu leben.

Wahrscheinlich kennen Sie den Weg, der in der Folgezeit abwärts führte. Nach der Ermordung Rabins waren weder Ehud Barak noch Ehud Olmert noch auch Tzipi Livni, eine Liberale, die fast Premierministerin geworden wäre, in der Lage, uns zurück auf den Weg des Friedens zu bringen, der schrittweise zu einem Abkommen über eine Zwei-Staaten-Lösung hätte führen sollen. Dasselbe gilt für den korrupten Arafat und seinen schwachen Nachfolger Mahmud Abbas. Die palästinensische Führung ist mindestens ebenso schuld am Scheitern der Oslo-Abkommen.

Dagegen führte Netanjahus lange Herrschaft (1996 bis 1999, 2009 bis 2021, 2022 bis wann?) die Israelis in die entgegengesetzte Richtung. Die möglichen Friedenspartner auf palästinensischer Seite, die inzwischen etwas weniger radikalen Fatah-Führer, wurden links liegen gelassen. Die extreme islamistische Hamas wurde dagegen gehätschelt und gefördert. Netanjahu war immer schon ein entschiedener Nationalist, der jeden territorialen Kompromiss ablehnte. Nach der Anklage wegen Korruption und Untreue in drei Fällen wandte er sich eindeutig der extremen Rechten zu, drängte alle gemäßigten Likud-Politiker hinaus, nahm rassistische Politiker in seine Partei und protofaschistische Politiker in seine Koalition auf. Ein von seinem ältesten Sohn Jair gelenktes Netzwerk aus Influencern goss Gift und Galle und falsche Anschuldigungen über Richtern, Journalisten und linksgerichteten Politikern aus.

Seit Januar 2023 unternimmt seine jüngste Koalition – die rechteste Regierung, die Israel je erlebt hat, und die erste ohne jeden Partner aus der Linken und der Mitte – im Parlament einen Angriff auf das Oberste Gericht, den Generalstaatsanwalt und alle juristischen Wächter der Rechtsstaatlichkeit. Als brillanter Schüler Donald Trumps und Viktor Orbáns machte Netanjahu sich an den Abbau der Demokratie in Israel.

Wie seinen Gesinnungsgenossen anderswo gelang es ihm hervorragend, den öffentlichen Diskurs mit Hilfe seiner brutalen Kumpane in den Medien und den sozialen Medien zu vergiften. Und er wusste genau, an welchen Fäden er zu ziehen hatte: Elite, aschkenasische Juden, Akademiker, Journalisten, Richter – sämtlich Verräter.

Der Aufstieg Netanjahus und des hasserfüllten politischen Credos, das wir als Bibismus bezeichnen, wurde möglich aufgrund demographischer und soziologischer Veränderungen. Einige davon waren einzigartig, vor allem das rasche Wachstum der ultraorthodoxen jüdischen Gemeinschaft, die ausschließlich an sich selbst denkt und mit jedem zusammenarbeitet, der ihr eine größere finanzielle und politische Dividende zahlt – an erster Stelle die vollständige Befreiung vom Militärdienst für die meisten ihrer jungen Männer und all ihre weiblichen Mitglieder. Netanjahu sorgte dafür, dass diese Gemeinschaft in ihren geschlossenen Wohngebieten leben kann, mit einem eigenen Schulsystem, ohne Kenntnisse in Wissenschaft oder Kunst, in Fremdsprachen oder politischer Bildung.

Parallel dazu haben auch die weltweiten Übel des Internets Israel tief getroffen: die Manipulation von Fakten, der Verlust der Wahrheit, der Aufstieg eines Ultrarechten auf der einen und die Infantilisierung der postmodernen Linken auf der anderen Seite. Selbsternannte kritische Intellektuelle prägten einen Opferdiskurs für die »orientalischen« Juden (Mizrachim) und sorgten dafür, dass viele von ihnen sich gegen die aschkenasischen und westlichen Werte stellten. Menachem Begin ritt die erste Welle dieser Ressentiments, und Netanjahu versuchte während seiner gesamten politischen Laufbahn, diese innerjüdische Spaltung zu vertiefen und bei den Wahlen Profit daraus zu schlagen.

Das staatliche Bildungswesen verlor viele seiner humanistischen Elemente und bietet ein »Judentum« feil, das frei ist von seinen alten und modernen universalistischen Elementen, seiner Liebe zur

Menschheit und seiner Friedensvision. Stattdessen musste die säkulare und liberale Öffentlichkeit erleben, dass ihre Kinder mit einem immer nationalistischeren Lehrplan gefüttert wurden. Das »Judentum« wird inzwischen mit den Ultraorthodoxen und Ultranationalisten identifiziert. Das war nicht mehr das Vermächtnis des frühen Zionismus, der Kibbuzim, Tel Avivs und der hebräischen Literatur. Dieses antiliberale Judentum ist uns fremd, aber im Namen der Demokratie ließen wir zu, dass es in unsere Schulen eindrang.

Die großen Gewinner sind bislang die Ultranationalisten: die jüdischen Siedler in der Westbank und deren Unterstützer. (Fairerweise muss man sagen, dass eine Minderheit der Siedler gemäßigt und ein anderer Teil, so absurd es klingen mag, apolitisch ist.) Diese Gruppe radikalisierte und stärkte die rassistischen Parteien von Smotrich und Ben Gvir, die Minister in Netanjahus Regierung wurden und die Hauptgegner eines Geiselabkommens und eines Waffenstillstands mit der Hamas nach dem Massaker vom 7. Oktober sind. Diese Politiker und ihre Anhänger, weniger als zehn Prozent der Wahlberechtigten, verwenden eine Sprache des Völkermords, die sich gegen die Einwohner Gazas richtet. Sie wollen, dass Gaza »ausradiert« und anschließend von Juden besiedelt wird. Sie wollen, dass Israel die Westbank annektiert. Sie streben nach einem Israel, das »vom Fluss bis zum Meer« reicht – eine Wendung, die erstmals in den 1970er Jahren im Wahlprogramm des Likud auftauchte. Sie wollen, dass arabisch-israelische Staatsbürger eine Loyalitätserklärung gegenüber dem Staat unterzeichnen oder das Land verlassen müssen. Die internationale Gemeinschaft ist ihnen vollkommen gleichgültig, denn sie sind der festen Überzeugung, dass der Messias bald kommen werde. Sie sind Antihumanisten und im allertiefsten Sinne auch Antizionisten.

*

Heute, während eines weiteren Krieges mit unseren Todfeinden, kämpfen wir gemäßigten Israelis zugleich den Kampf unseres Lebens gegen unsere eigenen Fanatiker. Wir tun das als Zionisten. Es ist wahrhaft zionistisch und tatsächlich patriotisch, für ein kleineres Israel innerhalb international anerkannter Grenzen zu kämpfen. Doch dazu brauchen wir einen palästinensischen Partner, der sich rückhaltlos für eine friedliche Zwei-Staaten-Lösung einsetzt, und wir brauchen kraftvolle, tatkräftige internationale Unterstützung. Es gibt ein Zeitfenster, bevor Ablehnung gepaart mit Fanatismus in Israel einen Punkt der Unumkehrbarkeit erreicht, ein Zeitfenster, in dem die palästinensische Ablehnungshaltung sich durch internationalen Druck noch ändern lässt. Mit anderen Worten, das Zwei-Staaten-Modell ist sowohl humanistisch als auch zionistisch. Es ist das einzige Ziel, das wir Israelis und Palästinenser teilen können, ohne noch mehr Blut zu vergießen. Und es ist immer noch möglich. Wenn israelische Gegner mir sagen, sie würden niemals in friedlicher Nachbarschaft mit der Hamas und ihresgleichen leben, dann sage ich ihnen, dass sie Recht haben. Aber ihre Position unterstellt zu Unrecht, alles würde genauso weiterlaufen wie vor dem Massaker. Das muss nicht so sein. Die Kommandeure der Hamas und ihre Waffenarsenale müssen vernichtet werden – in dieser Frage gibt es in Israel kein Rechts oder Links. Es muss eine neue palästinensische Führung entstehen, unter dem wachsamen Auge der internationalen Gemeinschaft und der Arabischen Liga. Die Voraussetzung für die palästinensische Souveränität muss eine starke und sichere Grenze mit Israel sein, sonst wird es sie niemals geben.

*

Wie steht es um die Ein-Staat-Lösung? Ein vereinigtes Land zwischen Jordan und Mittelmeer, in dem Juden und Palästinenser unter einer funktionierenden Regierung glücklich in einer gemeinsamen Zivilgesellschaft leben, mit vollkommen gleichen Rechten und Pflichten? Palästinensische Flüchtlinge, die im heutigen Israel die Wohnstätten ihrer Großeltern wieder in Besitz nehmen, auch wenn das die Zerstörung jüdischer Wohnstätten bedeutet? Jüdische Siedler, die in den Bergen Samarias bleiben, aber liebevoll Hummus-Rezepte mit den palästinensischen Nachbarn austauschen, denen einst ihre Attacken galten? *O sancta simplicitas.* Welch ein schöner Traum.

Hier sei daran erinnert, dass mehr als die Hälfte der Social-Media-Posts, die einen einzigen Staat zwischen Fluss und Meer fordern, nicht für dieses biblische Idyll eintreten. Sie wollen, dass die Juden verschwinden. »Geht zurück nach Polen und Deutschland!«, rufen sie Israelis zu, deren Großeltern aus Marokko, dem Jemen oder dem Irak vertrieben wurden. Die Absurdität ihrer Position wird allenfalls noch von ihrem blinden Hass übertroffen.

Gewiss, einige jüdische Intellektuelle sind bereits »zurück nach Polen« gegangen oder genauer nach Deutschland, wo sie sich in Interviews und auf Tagungen für die utopische Ein-Staat-Lösung einsetzen. Ich respektiere sie, und in gewisser Weise bewundere ich sie auch für die Fähigkeit, sich über die auf einen zukünftigen jüdischen Nationalstaat fixierte Sicht zu erheben. Aber anders als sie habe ich den humanistischen Zionismus nicht aufgegeben, und auch den demokratischen Nationalstaat der Juden werde ich niemals aufgeben.

Nicht so schnell! Nicht, während die Welt voll ist

von nationalistischen, antisemitischen (gegen alle Juden gerichteten) und antiisraelischen (nicht als Kritik, sondern als Delegitimierung) Strömungen. Die wenigen Israelis, die sich für die Ein-Staat-Lösung einsetzen, stehen nur für sich selbst – und eine wunderbare, aber gegenwärtig sinnlose intellektuelle Tradition nichtzionistischer Juden. Aber wie genau wollen sie den Zionismus und Israel selbst demontieren? Mit öffentlichen Lesungen von Walter Benjamin, George Steiner und Edward Said auf den zentralen Plätzen in Jerusalem und Tel Aviv?

Der utopische palästinensisch-israelische Staat soll natürlich säkular und liberal sein. Jedes andere Regime würde Theokratie, Diktatur und Blutbad bedeuten. Aber woher sollten solche Säkularität und solcher Liberalismus kommen, wenn zwei Nationen mit derartig lautstarken, theologisch radikalisierten Randgruppen einander an die Kehle gehen? Wie können die Opfer auf beiden Seiten in einem Parlament, einer Zivilgesellschaft und einer funktionierenden Regierung mit den – in ihren Augen – Mördern ihrer Kinder zusammenarbeiten? Zumindest in der jetzigen Generation müssen beide

Seiten sich in einen eigenen sicheren Staat zurückziehen, ihre Wunden lecken und von ihrem tiefen Trauma genesen.

Ich jedenfalls werde nicht in einem Staat mit den Schlächtern der Hamas und den Terroristen des Islamischen Dschihad zusammenleben und auch nicht mit den vielen tausend Zivilisten in Gaza und der Westbank, die sie am 7. Oktober und danach bejubelten. Wie es leider auch viele Mitglieder der palästinensischen Diaspora und etliche linksgerichtete Intellektuelle taten, die es eigentlich besser wissen müssten.

Die Tatsache, dass Zivilisten in Gaza die Hamas bejubelten und einige von ihnen sich aktiv an Mord, Vergewaltigung und Entführung beteiligten, hat keine Bedeutung für die Menschenrechte von Zivilisten. Ganz ähnlich verdienen die Palästinenser trotz ihres gewalttätigen Potenzials einen eigenen Staat. Kein »Recht auf Rückkehr« in das gesamte ehemals britische Mandatsgebiet Palästina, wohl aber das Recht auf ihre eigene nationale Heimstatt. Sie verdienen Menschen- und Bürgerrechte.

Aber nicht als meine Mitbürger. Auch sie wollen mich nicht als Mitbürgerin, wie sie an diesem schwarzen barbarischen Tag überdeutlich gezeigt haben.

Geschwisterlichkeit? Nicht in den nächsten Generationen. Mitbürger? Nicht solange die Überlebenden noch leben. Territoriale Aufteilung und eine vernünftige Koexistenz beiderseits anerkannter Grenzen? Ja. Bis unsere Kinder und Kindeskinder eine bessere Nachbarschaft und eine bessere Welt verwirklichen.

Deshalb ist nicht die Zwei-Staaten-Lösung seit dem 7. Oktober tot und begraben, sondern die Ein-Staat-Lösung. Und Hunderttausende von Israelis fühlen sich in ihrem jahrzehntelangen Kampf für einen territorialen Kompromiss bestätigt. Wir sind die Linke, die linke Positionen nicht verlassen hat – weil die von uns vorgeschlagene Lösung die einzige unblutige Lösung ist, die uns bleibt. Nicht weil sie eine zionistische Lösung wäre, sondern weil sie die einzige pragmatische *und* humanistische Lösung ist.

*

Für wie viele Israelis spreche ich hier? Netanjahus 64 Abgeordnete umfassende Mehrheit in der Knesset hat kürzlich gegen einen palästinensischen Staat gestimmt, doch das ist nur ein politischer Schachzug. Wenn man die Frage heute stellte und eine gemeinsame Grenze mit dem von der Hamas beherrschten Gaza verlangte, wäre das Zwei-Staaten-Modell für die meisten Israelis im Augenblick natürlich vollkommen ausgeschlossen. Außerdem haben wir in dieser schrecklichen Zeit weitaus dringlichere Probleme zu lösen.

Schätzungsweise zwei Millionen Israelis nehmen an den gegenwärtigen Demonstrationen gegen die Regierung und Netanjahu teil oder unterstützen sie. Während ich dies schreibe, verlangen wir ein Geiselabkommen und einen Waffenstillstand, wir wenden uns gegen das Aushungern feindlicher Zivilisten und andere Kriegsverbrechen, und wir fordern – mit der Dringlichkeit einer untergehenden Demokratie – Neuwahlen.

Die nächsten israelischen Wahlen werden vielleicht Hoffnung bringen. Ich wollte, ich könnte dasselbe von zukünftigen Wahlen in Gaza und der

Westbank sagen. Aktuell glauben 80 Prozent der Israelis, Netanjahu müsse abtreten. Die aus der moderaten Rechten, der Mitte und der Linken sowie aus arabischen Parteien bestehende Opposition hat gute Chancen, eine komfortable Mehrheit zu erringen. Israel wird wahrscheinlich wieder eine aus verantwortungsbewussten Erwachsenen bestehende Regierung erhalten, darunter auch politische Neulinge, die zugleich Veteranen der prodemokratischen Protestbewegung sind. Nachdem solch eine Führung die Lage stabilisiert und einiges von dem bösartigen Gift aus der öffentlichen Debatte genommen hat, wird sie vielleicht in der Lage sein, der Nation eine realistische regionale Strategie, einen Territorialkompromiss und eine stabile Übereinkunft mit den Palästinensern anzubieten. Seien Sie nicht enttäuscht, wenn das Wort »Frieden« im nächsten Wahlkampf nicht an prominenter Stelle erscheinen wird. Geben Sie uns Zeit!

Die zwei Staaten und ein stabiler Frieden im Nahen und Mittleren Osten sind ein Orientierungspunkt am Horizont. Er dient dazu, ein Ziel im Auge zu behalten und die Hoffnung nicht zu verlieren.

Wer versucht, ihn allzu rasch zu erreichen, wird selbst zu einem messianischen Extremisten, einem blauäugigen Revoluzzer. Wir brauchen Zeit. Wir brauchen eine tiefgreifende Reform. Und wir müssen behutsam vorgehen.

In Deutschland sind antizionistische oder nichtzionistische Stimmen besonders laut. In ihrem bis ins Mark liberalen und säkularen Einen Staat sollen Frieden und Liebe herrschen. Nicht Erinnerung, sondern Vergessen bringe Heilung. Manchmal machen dieselben Leute, die Deutschland auffordern, seine Erinnerungskultur der Shoah aufzugeben, den Vorschlag, die Palästinenser sollten die Nakba, die Israelis die Kriege, die Terrorangriffe und die positive Geschichte des Staates Israel vergessen. Aber so funktioniert die menschliche Natur nicht.

»*Make peace, not Love*«, sagte mein Vater gern. Und ich sage nach der Katastrophe, die er zum Glück nicht mehr erleben musste: Der Frieden mag aufgeschoben werden müssen, doch als ein Ideal und ein fernes Ziel darf er niemals aufgegeben werden. Zu einem Kompromiss und einer Übereinkunft muss es jedoch sehr bald kommen. Die treibenden Kräfte werden der instinktive Wunsch des Menschen nach Heilung und eine gute Dosis Rationalität sein. Gewiss keine Romantik. Gewiss keine Amnesie.

Das Gefühl der Juden, ein Volk zu sein, reicht bis in die Bronzezeit zurück, die heutige Welt der Nationalstaaten gerade einmal bis ins 19. Jahrhundert. Diese Welt befindet sich gegenwärtig wieder einmal in Aufruhr, mit Straßenschlachten zwischen der extremen Rechten und der extremen Linken, die uns an die 1920er Jahre erinnern. Ich bin kein Fan von Nationalstaaten. Ich kann mir leicht zukünftige Vereinigte Staaten des Nahen und Mittleren Ostens oder vielleicht eine israelisch-palästinensische Konföderation vorstellen. Eines Tages, möglicherweise in kommenden Jahrhunderten, werden Juden und Araber und alle Übrigen Bürger der von Immanuel Kant vorausgesehenen Weltrepublik sein. Aber nicht heute. Noch nicht. Nicht angesichts des dringenden Bedürfnisses beider Seiten, an einem eigenen sicheren Ort ihre Wunden zu lecken.

Wenn doch Nationalstaaten eifersüchtig über ihre Souveränität und Sicherheit wachen, warum sollten dann die Juden und nur sie in die finsteren

Zeiten fehlender Souveränität, fehlender Eigenstaatlichkeit und vollständig fehlender Sicherheit zurückgeworfen werden? Sind die Länder der Welt oder auch nur die westlichen Länder heutzutage fähig, ihre eigenen jüdischen Bürger zu schützen? Ich will nicht, dass meine Urenkel zum Status meiner Urgroßeltern zurückkehren, nicht einmal – das sei mit allem Respekt gesagt –, wenn westliche Liberale für ihre Sicherheit garantierten. Nein danke!

Robert Frost schrieb einmal, gute Zäune machten gute Nachbarn. Ich glaube an Zäune, an weit stärkere als den verhängnisvollen Grenzzaun zu Gaza am 7. Oktober. Und Zäune oder sogar Mauern sind, wie Sie wissen, nicht für immer. Es gibt sie nur, bis wir uns wieder frei bewegen können. Bis wir freundliche Nachbarn werden, kooperative und miteinander Handel treibende Nachbarn, menschliche Nachbarn.

Hören Sie bitte auf die gemäßigten Israelis. Es gibt Millionen von uns. Wir sprechen nicht alle mit derselben Stimme, aber wir alle sind gegen die Stimme, die Prioritäten und das Handeln der heutigen Regierung.

Bitte hören Sie auf die gemäßigten Israelis, die mehrheitlich Zionisten sind. Bitte verstehen Sie den Unterschied zwischen der ultranationalistischen Vereinnahmung des zionistischen Vermächtnisses und unserem eigentlichen Zionismus, der realistisch, pragmatisch, sensibel und – im besten Sinne – menschlich ist.

Wir sind immer noch schwer traumatisiert, die meisten (nicht alle) emotional nicht zugänglich für das Leid der Unschuldigen in Gaza, und unsere korrupte Regierung schürt im Internet den innenpolitischen Hass. Aber wir sind keine moralischen Ungeheuer, und unsere nächsten Wahlen – hoffentlich lange vor dem gesetzlich vorgesehenen Termin im November 2026 – werden zeigen, dass die Hoffnung den Sieg davontragen wird. Sollte Deutschland – vor allen anderen – eingreifen? Natürlich nicht in irgendeiner antidemokratischen Weise. Aber es wäre eine berechtigte Intervention, wenn Sie Ihre Meinung in Hörweite von Israelis offen aussprechen. Ebenso legitim wären Sanktionen gegen kriminelle Extremisten in der israelischen Gesellschaft und der Regierung. Eine Blockierung aller Waffenexporte nach Israel und ein Boykott zivilgesellschaftlicher und akademischer Institutionen würden dagegen die Gemäßigten stärker treffen als die Fanatiker, da die rechtsgerichteten Fanatiker in Israel ganz erpicht auf den Hass der Welt sind. Sie sehen darin ein messianisches Signal, das uns unserem zukünftigen, gottgewollten Sieg näher brächte.

Der deutschen Regierung und anderen guten Freunden sage ich: Benjamin Netanjahu und seine Koalitionspartner sind nicht länger ein Symbol für Israel und die Israelis. In der Geschichte der Nationen kommt es vor, dass der Herrscher nicht länger für das Wohl seines Volkes steht. Bitte tun Sie uns den Gefallen und unterscheiden Sie zwischen der israelischen Regierung und der Mehrheit der israelischen Gesellschaft.

Helfen Sie uns, die Stimme unserer Gemäßigten in die deutsche Debatte einzubringen. Reichen Sie uns die Hand! Denken Sie daran, dass es uns gibt!

Vergessen Sie auch nicht die zwei Millionen israelischen Bürger, die Palästinenser oder Drusen sind. Ihre staatsbürgerliche Verantwortung und Empathie seit dem 7. Oktober sind beispielhaft. Jüdischisraelische Gemäßigte setzen sich entschieden für ihre Gleichberechtigung und ihr Wohlergehen ein. Sie sind ein entscheidender Teil unser Zivilgesellschaft.

Noch wichtiger jedoch: Bitte reichen Sie den palästinensischen Gemäßigten in den besetzten Gebieten und der Diaspora die Hand. Wir wissen nicht, wie viele es sind, da sie mit wenigen bewundernswerten Ausnahmen aus Angst schweigen. Die globale Gemeinschaft muss ihnen helfen, wieder zu ihrer Stimme zu finden, und vor allem muss sie versuchen, sie vor den Morddrohungen ihrer sogenannten »Brüder« zu schützen. Bitte schützen Sie sie auch vor den Millionen von falschen Freunden in aller Welt, die in ihrer Hast und Unwissenheit nicht sie, sondern ihre mordgierigen »Brüder« unterstützen.

Es gibt noch immer das Israel, an das einige von Ihnen sich erinnern mögen. Tel Aviv ist weiterhin eine liberale Hochburg. Die Kibbuzim sind schwer getroffen, aber immer noch lebendig, mit einem neuen Sinn für Solidarität und ihre gesellschaftliche Mission. Die Zivilgesellschaft war stark genug, um einen Sieg gegen den legislativen Staatsstreich im Januar 2023 zu erringen, und stark genug für eine Rettungsoperation im Oktober 2023, die Hunderttausenden von Opfern und Evakuierten Hilfe brachte und in den letzten Monaten die Regierung und ihre korrupten oder passiven Minister ersetzte. Wussten Sie, dass selbst die Liste der am 7. Oktober und danach entführten Zivilisten und Vermissten von ehrenamtlichen Mitgliedern des »Hightech-Protests« aufgestellt und mehr als einen Monat lang geführt wurde, bis die Behörden diese Aufgabe übernahmen? Oder dass meine Söhne und ihre Freunde, Mitglieder der prodemokratischen studentischen Protestbewegung, sich am Betrieb jener Hotels in Tel Aviv beteiligten, die sich plötzlich mit traumatisierten Evakuierten füllten, weil von der Regierung nirgendwo etwas zu sehen war?

Natürlich bestand ein enger Zusammenhang zwischen Netanjahus Unterstützung für die Hamas und seinem gegen die Judikative gerichteten legislativen Staatsstreich sowie dem Versagen des Sicherheitsapparats der Regierung am 7. Oktober. Und ohne jeden Zweifel war es auch die gegen Netanjahus Unterdrückungsgesetze kämpfende liberaldemokratische Zivilgesellschaft, die am 7. Oktober unverzüglich die Rettungsaktionen einleitete. Der Premierminister war bis zum Abend dieses schwarzen Sabbats verschwunden, und als er wieder auftauchte, fand er kein einziges Wort des Trostes für die Opfer und ihre Familien. Tatsächlich vermochte Netanjahu zwei ganze Monate lang nicht einmal, das ihm verhasste Wort »Kibbuzim« auszusprechen. Oder die Ruinen des Kibbuz Nir Oz zu besuchen, des Ortes der bis heute, da ich dies schreibe, schlimmsten Barbarei.

*

Die Erosion der Demokratie in Israel erreichte ihren Höhepunkt in einer Welle gegen die Judikative gerichteter Gesetze, die im Januar 2023 von einer gegenüber der Exekutive bereits vollkommen willfährigen Knesset verabschiedet wurden. Das kann auch in anderen demokratischen Ländern leicht geschehen. In Ungarn ist es bereits geschehen, und andere sind auf dem Wege dahin. Dieser Prozess beschränkt sich keineswegs auf Israel allein. Das zutiefst demokratische, aber zunehmend nationalistische Israel ist hier, wie meine Kollegin Diana Pinto einmal gesagt hat, der Kanarienvogel im Bergwerksstollen. Wir gehören zu den Ersten, die von dieser Kombination aus rassistischer, populistischer, medienwirksamer, bösartig aggressiver Politik getroffen wurden, die durch das Internet und vor allem die sozialen Medien noch um einen gewaltigen Faktor verstärkt wird. Wir sind geradezu Opfer der Mängel unserer eigenen Verfassung geworden (zu denen etwa das Fehlen eines umfassenden Grundrechtekatalogs und eine unzureichende Gewaltenteilung innerhalb des Staates gehören). Wir waren viel zu passiv und nachgiebig gegenüber einer engstirnigen, fremdenfeindlichen, gewaltbereiten Minderheit, die mitten unter uns wuchs und zunehmend politische Macht erlangte. Aber wir hatten auch unter fatalem Unglück zu leiden. Die Ermordung Rabins war ein klassischer Fall einer einzelnen Tat, die den Lauf der Geschichte verändert. Der Aufstieg des charismatischen, zynischen, populistischen und (in jüngerer Zeit) kriminell korrupten Netanjahu ist gleichermaßen ein politisches Versagen und ein schlimmes geschichtliches Unglück.

Doch Israel unterscheidet sich in Größe und Lage von Ungarn oder von den USA unter einem Präsidenten Trump. Anders als die meisten anderen Länder hat es militärische Feinde, wenig territoriale Ausdehnung und nur einen sehr geringen Spielraum für Fehler in seiner Sicherheitspolitik. Außerdem verfügt unsere Demokratie über zu wenige Schutzmechanismen – hauptsächlich in Gestalt des Obersten Gerichts. Wir halten die Westbank nun seit 1967 besetzt. Wir zogen uns 2005 aus Gaza zurück und mussten erleben, dass die Hamas dort 2007 an die Macht kam. Die Ultranationalisten begannen in den 1970er Jahren Siedlungen zu errichten, erst nur einige wenige unter den Regierungen der Arbeiterpartei (ein schlimmer, verantwortungsloser Fehler), später dann begrüßt, finanziert und beträchtlich vervielfacht unter den rechtsgerichteten Regierungen Begins, Shamirs und Netanjahus. Netanjahu, der weit extremer ist als seine Likud-Vorgänger, übernahm die Macht nach Rabins Ermordung und demontierte die Oslo-Abkommen, indem er die von der Fatah beherrschte Autonomiebehörde schwächte und zuließ, dass aus qatarischen und internationalen Fonds riesige Geldmittel an die Hamas flossen. Die auf Völkermord sinnenden Fanatiker zu stärken, damit man keinen Frieden mit den relativ Gemäßigten schließen musste – das war die Strategie, die Netanjahu von 2007 bis 2023 verfolgte.

Seine Regierung verschließt entschlossen die Augen vor der zunehmenden Misshandlung der Palästinenser in der Westbank durch die israelische Armee und radikalisierte Siedler. Während ich dies schreibe, erreicht die Gewalt gegen Palästinenser in der Westbank Ku-Klux-Klan-Ausmaße. Und warum nicht? Die Siedler haben Smotrich und Ben Gvir in der Regierung, die sie liebevoll verhätscheln, während die Westbank in Flammen aufgeht.

Und was tat die israelische Linke in all diesen Jahren? Wir hielten uns an die Regeln der Demokratie. Wir schrien auf, wir protestierten und demonstrierten. Wir opponierten gegen Rabins Siedlungspolitik während seiner ersten Amtszeit in den 1970er Jahren. Wir kämpfen gegen die bisherigen

Likud-Regierungen. Ich war siebzehn, als ich erstmals mit den Gründern von »Peace Now« oben auf einem der kahlen Hügel in Samaria stand, uns gegenüber eine Gruppe jüdischer »Pioniere«, die gerade auf dem Hügel nebenan eine neue Siedlung gegründet hatten. Wir protestierten. Sie zuckten die Achseln. Die Geschichte war auf ihrer Seite und, wie viele von ihnen glaubten, auch Gott.

Wir waren zu wenige und galten bei gewöhnlichen Israelis in der Öffentlichkeit als zu radikal. Das für unser Überleben als Demokratie so wichtige Oberste Gericht musste seine Prioritäten setzen, versäumte es, sich mit der wachsenden Siedlungsbewegung in den besetzten Gebieten auseinanderzusetzen, und machte sich dennoch durch seine Verteidigung der Menschenrechte die ultranationalistische Rechte zum Feind.

Parallel dazu – und das muss aus Gründen der Angemessenheit und Fairness gesagt sein – versäumte es die palästinensische Führung unter Arafat und Abbas, den Herausforderungen des Friedensprozesses gerecht zu werden. Sie ließen antisemitische Inhalte in den Lehrplänen der Schulen zu und gewährten den Mördern israelischer Zivilisten einen Heldenstatus, und das selbst noch zu der Zeit, als sie bereits in Verhandlungen mit Rabins Regierung standen. Dann ermordete ein jüdischer Fanatiker in der Grotte der Patriarchen zahlreiche Muslime, es folgte eine Serie palästinensischer Terroranschläge, Rabin wurde von einem anderen jüdischen Fanatiker ermordet, und die an Oslo geknüpften Hoffnungen schwanden dahin.

Heute ist es anders. Eine weitaus größere Zahl von Israelis, der Mainstream, sieht nun, in welch eine gefährliche Ecke Netanjahu uns getrieben hat. Selbst jene, die sich immer noch keinen palästinensischen Staat vorstellen können (weil sie glauben, er würde von Terroristen bewohnt und beherrscht), begreifen dennoch, dass Israel sich tiefgreifend verändern muss.

Es gibt viel auszubessern und zu reparieren: Gesetze, Verfassungsgrundsätze, Bildungswesen und öffentliche Werte. Doch im Vergleich hat Israel weit weniger auszubessern und zu reparieren als die Bundesrepublik, die in den 1950er und 1960er Jahren die gewaltige Katastrophe des Holocaust erfolgreich bewältigte. Und Israel ist heute mit einer weitaus stärkeren, aufgeklärten, entschieden demokratischen Zivilgesellschaft gesegnet, die ihren Wert vor und nach dem 7. Oktober bewiesen hat.

Etwa ein Viertel der Israelis – Juden wie Araber – unterstützt inzwischen die Zwei-Staaten-Lösung. Mehr als die Hälfte wäre bereit, einen langsamen und vorsichtigen Prozess in diese Richtung in Gang zu setzen, sofern es genügend internationale Unterstützung, Sicherheitsgarantien und eine erkennbare Deradikalisierung der Palästinenser in Gaza und der Westbank gibt. Unter diesen Voraussetzungen ist die israelische Gesellschaft sicher in der Lage, alle oder die meisten Siedlungen in der Westbank aufzulösen, als Gegenleistung für eine sichere und stabile Aufteilung unseres wunderbaren Landes.

Israel kann das tun. Wir müssen hoffen, dass auch die Palästinenser es tun können. Und dieselbe Hoffnung wünsche ich Ihnen allen in Ihrem Kampf gegen Extremisten und Fanatiker in Ihrem eigenen Land. Uns allen viel Glück!

Der Text basiert lose auf einem Vortrag, den ich am 25. Juni 2024 in einer Vortragsreihe der Universitäten Konstanz und Tel Aviv mit dem Titel »The Hamas-Israel War and Anti-Semitism: Facts and Discussion« gehalten habe. Ich danke den Organisatoren Thomas Hinz und Petra Quintini wie auch dem Publikum für die ausgezeichneten Fragen. Einige meiner Antworten haben ihren Niederschlag in diesem Text gefunden.

Fania Oz-Salzberger